23 Décembre 1910

Marque P

GRAVURES ANCIENNES

DU XVIIIe SIÈCLE

OBJETS D'ART

SIÈGES ET MEUBLES ANCIENS

Appartenant à Monsieur C***

PARIS — DÉCEMBRE 1910

CATALOGUE

DES

Gravures Anciennes

PRINCIPALEMENT DE L'ÉCOLE FRANÇAISE DU XVIIIe SIÈCLE

IMPRIMÉES EN NOIR ET EN COULEURS

Œuvres par ou d'après

ALKEN, BAUDOUIN, BOILLY, BONNET, BUNBURY, CARESME, DEMARTEAU, DOUBLET, DUGOURE, FRAGONARD, FREUDEBERG, MADEMOISELLE GÉRARD, HUET, A. KAUFFMANN, LAWREINCE, MONNET, MOUCHET, POLLARD, QUEVERDO, SCHALL, C. VERNET, ETC., ETC.

Porcelaines, Faïences, Argenterie, Objets variés

BRONZES D'AMEUBLEMENT, PENDULES

SIÈGES DU TEMPS DE LOUIS XVI

par Sené, Lelarge, Jacob, Gaillard, etc.

MEUBLES ANCIENS

D'ÉPOQUE LOUIS XV ET LOUIS XVI

TENTURES — RIDEAUX — TAPIS

MOBILIER COURANT, APPAREILS DE CHAUFFAGE ET D'ÉCLAIRAGE, Etc., Etc.

Le tout appartenant à Monsieur C***

ET VENANT DE PROVINCE

DONT LA VENTE AUX ENCHÈRES PUBLIQUES AURA LIEU

HOTEL DROUOT, SALLE N° 6

LES VENDREDI 23 ET SAMEDI 24 DÉCEMBRE 1910

A DEUX HEURES

COMMISSAIRE-PRISEUR	EXPERTS
Me F. LAIR-DUBREUIL	**MM. PAULME & B. LASQUIN Fils**
6, rue Favart	10, r. Chauchat | 11, r. Grange-Batelière

EXPOSITION PUBLIQUE

Le Jeudi 22 Décembre 1910, de 1 heure 1/2 à 6 heures

CONDITIONS DE LA VENTE

Elle sera faite au comptant.

Les adjudicataires paieront *dix pour cent* en sus des enchères.

L'exposition mettant le public à même de se rendre compte de l'état et de la nature des objets, aucune réclamation ne sera admise une fois l'adjudication prononcée.

ORDRE DES VACATIONS

Le Vendredi 23 Décembre 1910, à 2 heures

Gravures anciennes encadrées	1 à 69
Porcelaines et Faïences	70 à 85
Objets variés, Argenterie	86 à 107

Le Samedi 24 Décembre 1910

Bronzes d'ameublement, Pendules.	108 à 128
Sièges anciens	129 à 144
Meubles anciens	145 à 184
Mobilier courant	185 à 207
Rideaux, Tentures, Tapis.	208 à 220

Paris. — Imp. de l'Art, Ch. Berger, 41, rue de la Victoire

DÉSIGNATION

GRAVURES ANCIENNES
ENCADRÉES

ALKEN (D'après)

1 — *The right sort. — The wrong sort.*
Deux pendants par G. HESTER; marge.

2 — *The Leicestershire covers.*
Suite de six pièces, par SUTHERLAND; marge.

3 — *Chasses* (Accidents de).
Suite de cinq pièces, avec marge.

ANONYME

4 — *Le Cavalier démonté.*
Gravure en couleurs, avec marge.

BAUDOUIN (D'après P. A.)

5 — *L'Épouse indiscrète*, par N. DE LAUNAY.
Très belle épreuve en noir, avec marge.

6 — *Le Fruit de l'amour secret*, par Voyez le jeune.

Superbe épreuve en noir, avec belle marge.

BOILLY (D'après)

7 — *La Solitude.*

Estampe imprimée en couleurs, par Tresca.
Epreuve, avec marge.
Cadre ancien Louis XVI en bois sculpté et doré.

8 — *Poussez ferme*, par Petit.

Belle épreuve en noir, avec marge.

9 — *Prends ce biscuit*, par Vidal.

Belle épreuve en noir, avec marge.

10 — *Défends-moi*, par Petit.

Belle épreuve en noir, avec marge.

11 — *Ça ira*, par Mathias.

Belle épreuve en noir, avec marge,

12 — *On la tire aujourd'hui. — La Douce résistance.*

Deux estampes faisant pendants, par Tresca.
Epreuves coloriées. La seconde remargée.

13 — *L'Amant favorisé*, par Chaponnier.

Très belle épreuve en noir, avec marge.

14 — *Prélude de Nina*, par Chaponnier.

Belle épreuve coloriée, avec marge.

15 — *Honny soit qui mal y pense*, par Bonnefoy.

Belle épreuve, avec marge.

BONNET (Louis)

16 — *Offrande présentée par l'Amour à la Fidélité.*

Estampe imprimée en couleurs, d'après Huet; marge.

17 — *Le Chat au guet.*

Belle épreuve en couleurs, remargée sur trois côtés.

18 — *Le Bain.*

Estampe imprimée en couleurs, d'après Jollain.
Epreuve remargée.

19 — *Le Premier pas à la Fortune,* d'après Du Bois de Ste Marie.

Estampe imprimée en couleurs.
Epreuve remargée.

20 — *Le Goûter.*

Estampe imprimée en couleurs, d'après Baudouin.
Epreuve avec marge, ayant souffert.

BOREL (D'après A.)

21 — *L'Abandon voluptueux*, par Dennel.

Belle épreuve en noir.

BUNBURY (D'après)

22 — *Les Glaneuses.*

Estampe anglaise, médaillon ovale en couleurs, par Knight; sans marge.

23 — *Lord Thomas and Fair Annett.*

Estampe anglaise, médaillon rond, imprimée en couleurs, par Bartolozzi.

CARESME (D'après)

24 — *Le Réveil du Carlin,* par Carrée.

Belle épreuve en noir.

25 — *Le Satyre impatient,* par Anselin.

Très belle épreuve en noir, avec marge.

CHAILLOU (Publié chez)

26 — *L'Amant pressant. — La Fille engageante.*

Deux pendants imprimés en rouge, à grande marge.

CIPRIANI (D'après)

27 — *Baigneuses,* par Bartolozzi.

Belle épreuve en couleurs, de forme ovale, avec marge.

COSWAY (D'après R.)

28 — *Love,* par Ryam.

Epreuve imprimée en rouge, avec lettre ouverte ; marge.

DEMARTEAU

29 — *La Leçon de flûte. — Baigneuses.*

Deux estampes ovales, à la manière des trois crayons; sans marge.

DEROSIER (D'après)

30 — *Le Déjeuner du modèle. — Le Modèle disposé.*

Deux pendants en couleurs, par SOMBRET.
Belles épreuves de marges inégales.

DOUBLET (D'après)

31 — *Lucile* (Quatuor de), par BOILLET.

Belle épreuve en bistre, avec marge.

DUGOURE (D'après J. D.)

32 — *Le Lever de la Mariée*, par TRIÈRE.

Très belle épreuve, avec marge.

ÉCOLE FRANÇAISE (XVIIIe siècle)

33 — *La Toilette de Vénus.*

Estampe imprimée en couleurs. Avant la lettre.
Cadre ancien en bois sculpté et doré.

FOURNIER (D'après J. A.)

34 — *L'Heure favorable* (?), par CHAPONNIER.

Superbe épreuve avant la lettre, avec marge.

FRAGONARD (D'après H.)

35 — *Les Jets d'eau. — Les Pétards.*

Deux épreuves en noir, par AUVRAY; petite marge.

36 — *La Déclaration. — Le Serment.*

Deux épreuves en noir, par BERVIC; la première avec marge.

FREUDEBERG (D'après S.)

37 — *Les Mœurs du temps*, par Ingouf l'aîné.

Très belle épreuve du premier tirage, avant que la planche modifiée ait été ajoutée au *Monument du Costume*.

GARNIER (D'après)

38 — *Ils sont d'accord*, par Mariage.

Superbe épreuve en noir, avec marge.

GÉRARD (D'après Mlle)

39 — *L'Élève intéressante. — Le Triomphe de Minette.*

Deux épreuves en noir, par Vidal; marge.

HUET (D'après)

40 — *Le Feu. — L'Air. — La Terre.*

Estampes imprimées en couleurs, par Demarteau. Épreuves avec marge.

41 — *L'Amant écouté*, par Bonnet.

Très belle épreuve imprimée en couleurs. Cadre ancien.

42 — *L'Amant pressant.*

Très belle épreuve imprimée en couleurs. Cadre ancien.

43 — *Ce qui est bon à prendre est bon à garder*, par Chaponnier.

Belle épreuve en noir, avec marge.

44 — *La Belle Toilette*, par Bonnet.

Très belle épreuve imprimée en couleurs.
Cadre ancien.

45 — *Le Déjeuner*, par Bonnet.

Belle épreuve imprimée en couleurs.
Cadre ancien.

HAWELL (Par et d'après)

46 — *The Blenheim leaving the Star Hotel, Oxford.*

Estampe anglaise de sport en couleurs; marge.

KAUFFMANN (D'après Angelica)

47 — *Le Jeu de colin-maillard.*

Estampe anglaise, médaillon rond, par Delarue.
Epreuve, avec petite marge.

48 — *Damon et Musidora*, par Knight.

Belle épreuve en bistre d'une estampe ovale.

LAWREINCE (D'après N.)

49 — *L'Accident imprévu. — La Sentinelle en défaut.*

Deux pendants, par Darcis.
Très belles épreuves, avec grande marge.

50 — *Le Déjeuner*, par Soiron.

Estampe rare dans l'œuvre du maître.
Très belle et rare épreuve en noir *avant la lettre*, seulement les noms des artistes; marge.

LEVILLY (Par et d'après)

51 — *L'Heureux présage.*

Belle épreuve en noir; marge.

MONNET (D'après)

52 — *Les Baigneuses surprises. — Salmacis et Hermaphrodite.*

Deux pendants, par Vidal.
Très belles épreuves *avant la lettre*.

53 — *Renaud et Armide*, par Vidal.

Epreuve remargée

54 — *Je t'en supplis* (sic) *rends-le moi. — Tu fuit* (sic) *inutilement.*

Deux pendants, par Prot.
Belles épreuves en noir; marges.

MOUCHET (D'après)

55 — *La Ruse d'amour* et pendant.

Deux estampes faisant pendants.
Epreuves avant la lettre; marges.

PAUL (Publié chez)

56 — *Courses.*

Deux estampes anglaises en couleurs, en forme de frises.

POLLARD (D'après J.)

57 — *Malle-poste anglaise* et son pendant.

Deux estampes en couleurs, avec marge.

58 — *Epsom.*

Deux pendants, par Hunt.
Belles épreuves en couleurs, avec marge.

QUEVERDO (D'après)

59 — *Pastorales.*

Deux pendants.
Très belles épreuves en noir *avant la lettre.*

SANTERRE (D'après)

60 — *Suzanne au bain*, par Burck.

Belle épreuve en noir, avec marge.

SCHALL (D'après)

61 — *Le Télégraphe d'amour*, par Alix.

Superbe épreuve imprimée en couleurs, avec petite marge.

62 — *Sujets galants.*

Deux pendants.
Belles épreuves imprimées en couleurs.

63 — *Quand l'Hymen dort, l'Amour veille*, par Mauclerc.

Belle épreuve en noir, avec marge.

SEYMOUR (D'après I.)

64 — *Chevaux de courses.*

Deux pendants, par Burford.
Belles épreuves en couleurs; marge,

VERNET (D'après CARLE)

65 — *La Pêche à la ligne*, par LEVACHEZ.

Belle épreuve en noir, avec marge.

66 — *Départ pour la chasse. — La Promenade du matin.*

Deux pendants, par LEVACHEZ.
Belles épreuves en noir, avec marge.

67 — *Quatrième suite de chevaux.*

Pièce, par CARRÉE.
Belle épreuve, avec marge.

WARD (D'après)

68 — *Lucy of Leinster.*

Estampe, médaillon ovale, en bistre et rouge.

WESTALL (D'après)

69 — *Sujet allégorique*, par RUOTTE.

Belle épreuve en noir.

PORCELAINES ET FAIENCES

70 — Petite bouteille en ancienne faïence de Nevers. — Jardinière carrée en faïence décorée.

71 — Paire de petits porte-bouquets-appliques en ancienne faïence du Midi : fleurs.

72 — Paire de cornets en ancienne faïence de Delft, décor bleu.

73 — Paire de petits cornets en porcelaine du Japon en couleurs.

74 — Deux petites cafetières couvertes en ancienne porcelaine de la Compagnie des Indes : fleurs en couleurs.

75 — Bol évasé à pans, monté en bronze, cornet, vase, bol, petite coupe. Porcelaine de Chine.

76 — Paire de petites bouteilles en ancienne porcelaine de Chine ; montures en argent.

77 — Paire de petits cornets en ancienne porcelaine de Chine, décor bleu.

78 — Paire de petits vases-rouleaux en porcelaine de Chine, émaillée bleu truité. Base en bronze mouluré et doré.

79 — Deux lampes à gaz, faites chacune d'une bouteille en céladon gris craquelé de Chine. Monture en bronze doré. (*Maison Gagneau.*)

80 — Deux petites coupes, faites chacune d'une soucoupe, dont une en ancienne porcelaine de Saxe au point, décor en camaïeu violet et dorure ; monture à anses en bronze doré.

81 — Deux statuettes : Vénus et Clio, en biscuit. — Petit groupe en biscuit.

82 — Groupe à double face en ancien biscuit : Chasseur et Baigneuse.

83 — Statuette de bergère en porcelaine de Saxe, décorée en couleurs.

84 — Deux statuettes : Jardinier et Jardinière, en porcelaine de Saxe, décorée en couleurs.

85 — Paire de petites salières et flacon en émail, plus un baguier en porcelaine de Saxe.

OBJETS VARIÉS

ARGENTERIE

86 — Deux rafraîchissoirs ovales à anses en métal plaqué d'argent. Époque Louis XV.

87 — Présentoir circulaire, à galerie ajourée, en argent. Époque Empire.

88 — Crémier et poêlon en argent.

89 — Pelote, montée en argent ajouré, à trépied. Époque Empire.

90 — Petite coupe en argent gravé, à guirlandes.

91 — Bougeoir avec éteignoir en argent; bordure godronnée.

92 — Trois tasses à vin en argent, à godrons, anses serpents et inscriptions gravées. XVIIIe siècle.

93 — Deux gobelets à pans en verre rehaussé de dorure.

94 — Coffret en cristal taillé à pointes de diamant; monture en cuivre. Commencement du XIXe siècle.

95 — Coffret rectangulaire en verre, à monture de cuivre doré. Restauration.

96 — Paire de flacons en cristal taillé et monture de cuivre doré. Époque Restauration.

97 — Paire de flacons en verre ; monture en cuivre. Commencement du XIXe siècle.

98 — Verre d'eau, comprenant une carafe, un gobelet, un sucrier, en verre, sur plateau circulaire en cuivre doré. Commencement du XIXe siècle.

99 — Carafon avec bouchon formant flacon, verre et présentoir, en cristal gravé ; monture en vermeil.

100 — Plateau circulaire en glace, dans une bordure de cuivre moulurée et ornée, reposant sur trois pieds à mascarons. Époque Empire.

101 — Petite coupe ovale, sur piédouche en marbre.

102 — Écritoire orientale en bronze, décorée d'arabesques en gravure.

103 — Baromètre à mercure en bois sculpté doré. Époque Louis XVI.

104 — Glace-miroir en bois sculpté doré, moulure ornée, surmontée d'un fronton, à rinceaux et oiseaux. Époque Louis XVI.

105 — Trumeau, avec glace, en bois sculpté, peint et partiellement doré, à décor de baguettes ornées, feuillage, consoles, etc. Époque Louis XVI.

106 — Trumeau, avec glace et peinture décorative, en bois sculpté peint et partiellement doré, à décor de baguettes ornées et feuillage. Époque Louis XV.

107 — Trumeau analogue au précédent. Époque Louis XV.

BRONZES D'AMEUBLEMENT

PENDULES

108 — Paire de flambeaux à tige et base carrées en métal argent anglais.

109 — Paire de flambeaux en bronze argenté.

110 — Paire de grands flambeaux Louis XVI en bronze doré, à décor de feuillage.

111 — Petit flambeau, forme balustre, en cuivre.

112 — Paire de flambeaux en bronze doré, à décor de feuillage. Fin du xviiie siècle.

113 — Pendule en bronze ciselé et doré, à motifs de sphinx et palmettes, surmontée d'une figurine de liseuse. Époque Empire.

114 — Paire de flambeaux en bronze doré. Restauration.

115 — Paire de petits flambeaux bas en cuivre, à canaux.

116 — Porte-montre en bronze et boitier de montre en cuivre, orné d'un émail tête de femme. Époque Empire.

117 — Pendule en biscuit, sujet allégorique; rinceaux en bronze doré à la base. Socle en marbre noir. Fin du XVIIIe siècle.

118 — Petite pendule en biscuit : fillette surprenant un nid d'oiseaux.

119 — Pendule en marbre blanc et bronze doré, à colonnettes, surmontée d'un aigle ; socle orné d'un bas-relief. Époque Louis XVI.

120 — Pendule en marbre de couleurs et bronze doré, décorée d'appliques et de deux médaillons ovales en biscuit bleu et blanc. Époque Louis XVI.

121 — Petite pendule en bronze patiné et doré. Le mouvement porté par un lion repose sur une terrasse enguirlandée. Style Louis XVI.

122 — Petite pendule-cartel en bronze, à décor de têtes de béliers, guirlandes et corbeille fleuries.

123 — Paire de petits chenets en bronze. Époque Louis XVI.

124 — Quinquet, en forme de colonne, en bois, décoré au vernis, avec son abat-jour en verre gravé. Epoque Restauration.

125 — Bénitier en bronze, à décor d'enfants et médaillon bas-relief. XVIIIe siècle.

126 — Veilleuse faite d'un vase en verre, à décor de personnages ; monture en bronze doré. Époque Restauration.

127 — Paire de chenets à boules en cuivre poli. Epoque Louis XVI.

128 — Paire de petits flambeaux en bronze ciselé, tige cannelée et feuillagée. Epoque Louis XVI.

SIÈGES ANCIENS

129 — Canapé et deux bergères en bois mouluré et peint. Époque Louis XVI. Garniture de velours jaune à larges rayures.

130 — Deux fauteuils et deux chaises en bois mouluré et peint. Époque Louis XVI. Garniture de velours vert à larges rayures.

131 — Deux fauteuils et deux chaises en bois mouluré et peint. Estampille de *Sené*. Époque Louis XVI. Garniture de tapisserie au point.

132 — Bergère en bois mouluré. Époque Louis XVI. Garnie de cretonne.

133 — Chaise en bois mouluré, dossier ajouré à lyre. Époque Louis XVI. Garnie de cretonne.

134 — Bergère, fauteuil et chaise en bois mouluré et peint. Estampilles de *Lelarge*, *Sené et Forget*. Époque Louis XVI. Garniture de cretonne.

135 — Tabouret Louis XVI en bois sculpté peint.

136 — Fauteuil de bureau, canné, en bois sculpté. Garniture de cuir.

137 — Deux chaises, à dossier ajouré, avec lyre, en acajou sculpté. Époque Directoire. Garniture de velours jaune.

138 — Canapé, bergère et deux fauteuils en bois sculpté ciré. Époque Louis XVI. Garniture de velours à larges rayures.

139 — Deux fauteuils, à dossier ovale, en bois sculpté ciré, ornés d'un nœud de ruban. Époque Louis XVI. Garniture de velours à larges rayures et quadrillé.

140 — Fauteuil analogue, à dossier contourné. Époque Louis XVI. Garniture de même étoffe.

141 — Deux chaises en bois sculpté ciré, à dossier ajouré. Époque Louis XVI. Même garniture.

142 — Deux chaises, à siège rond, dossier cintré et ajouré, en bois mouluré et sculpté, peint et partiellement doré, attribué à *Jacob*. Époque Louis XVI. Elles sont recouvertes en velours rouge ciselé.

143 — Deux fauteuils, à dossier ovale, en bois mouluré, sculpté et peint. L'un d'eux porte l'estampille de *A. Gaillard*, plus la marque suivante : *C. I V. M.* Époque Louis XVI. Garniture de velours ciselé vert.

144 — Bergère, à dossier ovale, en bois mouluré et sculpté. Époque Louis XVI. Elle est recouverte et munie d'un coussin en velours ciselé.

MEUBLES ANCIENS

145 — Armoire ancienne, à deux portes, en noyer et marqueterie.

146 — Armoire normande ancienne en bois sculpté, à moulures et feuillage.

147 — Buffet à deux corps, muni de six portes et trois tiroirs, en bois sculpté, ciré. XVIIIe siècle.

148 — Petite table, à six tiroirs, en marqueterie de bois de rose, à pieds cambrés, garnie de bronzes. Dessus de marbre. En partie de l'époque Louis XV.

149 — Commode, de forme contournée, à deux tiroirs, en marqueterie de bois de placage, ornée de bronzes, avec dessus de marbre. Époque Louis XV.

150 — Petite commode basse à face mouvementée, ouvrant à trois tiroirs, en marqueterie de bois de rose. Garniture de bronzes. Dessus de marbre. Fin de l'époque Louis XV.

151 — Petit chiffonnier à cinq tiroirs en marqueterie de bois de rose et amarante. Garniture de bronzes dorés. Dessus de marbre blanc. Estampille de *Dussautoy*. Époque Louis XVI.

152 — Petit bureau bonheur-du-jour en bois de rose et marqueterie. Il ouvre à un tiroir et deux portes. Dessus de marbre blanc, ceinturé d'une galerie en cuivre ajouré. Époque Louis XVI.

153 — Toilette-coiffeuse en marqueterie de bois de placage, à filets. Époque Louis XVI.

154 — Grand lit à deux personnes en bois sculpté peint blanc, à colonnes détachées, surmontées d'un panache, et moulures ornées. Garniture de cretonne. En partie de l'époque Louis XVI.

155 — Petite table de chevet, ouvrant à une porte et tiroirs, en marqueterie de bois de placage à feuillages, encadré de filets. Dessus de marbre blanc. Époque Louis XVI.

156 — Bureau plat, à pieds cannelés, ouvrant à cinq tiroirs, en acajou, avec dessus en maroquin. Époque Louis XVI.

157 — Petit bureau à cylindre en marqueterie de bois de couleurs, orné d'une rosace sur l'abattant. Epoque Louis XVI.

158 — Petit meuble-chiffonnier, à cinq tiroirs, en acajou mouluré, avec dessus de marbre. Epoque Louis XVI.

159 — Table de nuit à colonnettes, avec porte à coulisse en acajou ; dessus de marbre à galerie. Epoque Louis XVI.

160 — Petite table-bureau rectangulaire, munie d'un tiroir latéral, en acajou et dessus de cuir. Epoque Louis XVI.

161 — Petite table, à huit pieds-colonnettes et deux volets pliants, en acajou. Epoque Louis XVI.

162 — Table-toilette, à pieds ronds cannelés, en acajou. Epoque Louis XVI.

163 — Autre table-toilette, à pieds ronds, en acajou. Epoque Louis XVI.

164 — Encoignure en marqueterie de bois de placage garnie de bronzes. Dessus de marbre. Estampille peu lisible. Epoque Louis XVI.

165 — Table de nuit en acajou, à deux tablettes de marbre gris. Epoque Louis XVI.

166 — Petite table-bureau, munie de deux volets pliants, à pieds cannelés en gaines.

167 — Petite table de nuit en bois de placage, ouvrant à porte à rideau et tiroir. Epoque Louis XVI.

168 — Petite table à ouvrage, munie de trois tiroirs et d'une tablette, en marqueterie de bois de placage.

169 — Console d'entre-deux à côtés arrondis, ouvrant à trois tiroirs, avec tablette inférieure, en acajou et dessus de marbre blanc, à galerie. Epoque Louis XVI.

170 — Petit meuble d'entre-deux à côtés arrondis, ouvrant à deux tiroirs, avec tablette supérieure garnie de marbre blanc, soutenue par deux colonnettes.

171 — Chiffonnier, muni de sept tiroirs, en acajou mouluré à angles coupés cannelés et dessus de marbre blanc. Epoque Louis XVI.

172 — Secrétaire, en forme de chiffonnier et muni de tiroirs, en marqueterie de bois de rose et garniture de bronzes, avec dessus de marbre. Epoque Louis XVI.

173 — Petite commode, à deux tiroirs, en marqueterie de bois et dessus de marbre encastré. Epoque Louis XVI.

174 — Petit bureau à cylindre en acajou, muni de deux portes en glace et orné de baguettes de cuivre; dessus de marbre blanc et galerie. Epoque Louis XVI.

175 — Petite table à jouer, forme demi-lune à abattant mobile, en acajou et baguettes de cuivre. Epoque Louis XVI.

176 — Petite console, à côtés cintrés, en acajou et baguettes de cuivre. Dessus de marbre blanc. Epoque Louis XVI.

177 — Petit meuble à quatre faces, à tiroirs et dessus à charnière, en marqueterie de bois. Epoque Louis XV.

178 — Commode, à trois rangs de tiroirs, en acajou mouluré et dessus de marbre blanc. Epoque Louis XVI.

179 — Petite bibliothèque, à deux portes grillagées et tiroirs, en acajou mouluré, à angles coupés cannelés, avec dessus de marbre gris. Epoque Louis XVI.

180 — Guéridon octogone, à pied tripode et tablette de marbre blanc à galerie.

181 — Guéridon rond, à quatre pieds carrés en gaines et dessus de marbre blanc. Epoque Louis XVI.

182 — Console, forme demi-lune, munie de deux portes à coulisse, en bois et dessus de glace.

183 — Petite commode, de forme demi-lune, ouvrant à trois tiroirs, avec portes latérales, en marqueterie de bois de placage. Ornementations de bronzes dorés. Dessus de marbre.

184 — Lit en bois sculpté peint, style Louis XVI, et sa literie.

MOBILIER COURANT

OBJETS DIVERS

185 — Trois plats variés de forme et un sucrier couvert en métal.

186 — Carafe, carafon, sucrier, verre à pied, deux gobelets, deux bols, baguier. Neuf pièces verrerie.

187 — Glace à chevalet, petit plateau rectangulaire, petit vase et bougeoir, en métal argenté.

188 — Sept dessous de carafes, sucrier, poêlon couvert, moutardier et salière double ; le tout en métal.

189 — Broc en nickel. — Pot à eau et cuvette en métal.

190 — Plateau rond en bois gravé chinois.

191 — Garniture de toilette en cristal taillé, comprenant quatre flacons, deux boites à poudre et trois porte-brosses ou savon.

192-193 — Deux glaces dans des encadrements en bois sculpté, de style Louis XVI.

194 — Toilette en acajou, à dessus de marbre et glace. Arrivée et vidange d'eau.

195 — Armoire anglaise, avec glace, en acajou, de style anglais.

196 — Toilette, avec dessus de marbre blanc et glace, en acajou, de style anglais.

197 à 199 — Appareils d'éclairage divers.

200 à 202 — Appareils de chauffage : Salamandre et autres poêles.

203 à 205 — Meubles et ustensiles de toilette.

206 — Baignoire.

207 — Lit de fer et sa literie.

RIDEAUX, TENTURES

TAPIS

208 à 211 — Sous ce numéro, seront vendues plusieurs paires de rideaux de fenêtre.

212 — Deux descentes de lit, genre Smyrne.

213 — Grande carpette, haute laine, genre Smyrne.

214 — Tapis d'Aubusson.

215 à 217 — Tapis d'Orient et en moquette.

218 à 220 — Objets omis.

www.ingramcontent.com/pod-product-compliance
Ingram Content Group UK Ltd.
Pitfield, Milton Keynes, MK11 3LW, UK
UKHW020513180726
13839UKWH00005B/2063

9 782329 437873